HAYMON verlag

Christian Thanhäuser
Karl-Markus Gauß

Die Donau hinab

Gedruckt mit freundlicher Unterstützung durch das Amt
der Oberösterreichischen Landesregierung, Direktion Kultur
und das Amt der Salzburger Landesregierung, Kulturabteilung.

Christian Thanhäuser dankt der Kulturabteilung des
Landes Oberösterreich für einen Reisekostenzuschuss.

Normalausgabe: ISBN 978-3-85218-599-6

Vorzugsausgabe: ISBN 978-3-85218-608-5
Im Schuber mit beigelegtem Holzschnitt von Christian Thanhäuser,
40 Exemplare, nummeriert und signiert.

Luxusausgabe: ISBN 978-3-85218-609-2
Im Schuber mit beigelegtem 14-teiligen Holzschnittzyklus
von Christian Thanhäuser,
10 Exemplare, nummeriert und signiert.

HAYMON verlag
Innsbruck-Wien
www.haymonverlag.at

ISBN 978-3-85218-599-6

Umschlag- und Buchgestaltung:
Kurt Höretzeder, Büro für Grafische Gestaltung, Scheffau/Tirol

Gedruckt auf umweltfreundlichem,
chlor- und säurefrei gebleichtem Papier.

Karl-Markus Gauß

Ein Donauausflug von A bis Z

Am Anfang war das Wasser; und auf dem Wasser schwebte der Geist, und der Geist wurde Wort und hieß Donau.

Ich hatte ihn zehn Jahre nicht gesehen. In den Achtzigerjahren war er so etwas wie der Popstar unter den serbischen Dichtern gewesen. Aber als Jugoslawien zerfiel und er gebeten wurde, Vorsteher der traurig zerfallenden jüdischen Gemeinden in seinem Land zu werden, entzog er sich dieser Aufgabe nicht, sondern widmete sich ihr mit großem Ernst und pragmatischem Geschick. Es war eine deprimierende Aufgabe, die auf ihn kam, denn als die Nationalisten aller jugoslawischen Nationen mobil machten, wussten die Juden, die über Jahrhunderte den Boten zwischen diesen gegeben hatten, dass sie gerade dabei waren, ihre Heimat unwiederbringlich zu verlieren. Tausende von ihnen, die der Zwangsalternative widerstanden und sich im Krieg weder für die eine noch für die andere Seite entscheiden wollten, machten sich auf den langen Weg ins Exil. Als sie weg waren, verabschiedete auch er sich, und ehe er nicht nur Jugoslawien, sondern Europa selbst verließ, machte er Station in Salzburg. Damals lernte ich David Albahari kennen, einen schmalen Mann mit wachen, traurigen Augen und geradezu fragilen Gesichtszügen, der aus Belgrad kam und dem an einer Universität in Kanada eine Stelle versprochen war. Seither waren zehn Jahre vergangen, in denen er gleichermaßen düstere wie klarsichtige Bücher veröffentlicht hatte, „Tagelanger Schneefall“, „Götz und Meyer“ oder „Mutterland“, die alle von dem Grauen handeln, dem er entrinnen wollte. Denn der Krieg holte ihn ein, wohin er sich auch flüchtete und was er auch schrieb. Jetzt hatte er, gezeichnet von einer schweren Erkrankung, die ihn noch schmaler machte, noch verletzlicher aussehen ließ, sein Meisterwerk im Gepäck, den Roman „Die Ohrfeige“.

Alles beginnt am Donaukai von Belgrad: Unerwartet gibt ein Mann einer Frau eine Ohrfeige, sodass sie taumelt und fast in den Fluss fällt. Die beiden verschwinden, und gebannt versucht der Beobachter und Erzähler ihnen zu folgen, die in den Gassen in Zemun, der alten österreichischen Feste Semlin, untertauchen. Was folgt, ist ein Roman voller Rätsel, falscher Fährten, sich überstürzender Ereignisse, der immer tiefer in die geheime jüdische Geschichte von Belgrad hinabführt und uns auf seinen verschlungenen Wegen manche Illusion raubt, etwa jene, dass ausgerechnet die serbische Geschichte frei von Antisemitismus gewesen sei. Sicher vor antisemitischer Propaganda und frei von dem Druck, sich anzupassen und um jeden Preis als die größeren Patrioten zu beweisen, hatten die serbischen Juden von Zemun nur einmal gelebt, und zwar ausgerechnet in der osmanischen Ära ...

Albahari ist auch ein Zeuge wider viele donauromantische Klischees, seien sie nun habsburgisch oder jugoslawisch imprägniert, und es ist merkwürdig, dass er, der doch von der jüdischen Geschichte des Donauraumes erzählt, den Blick nicht auf die vorgeblich übernationale Donaumonarchie der Habsburger lenkt und auch nicht auf deren Nachfolgerin auf dem Balkan, die sozialistische Republik der jugoslawischen Völker, sondern auf das osmanische Reich. Ausgerechnet der serbische Erzähler, der unverkennbar aus der Tradition der jüdischen Literatur Mitteleuropas schreibt, erinnert uns an eine methodisch vergessene Tatsache: Die Donau floss nicht nur durch die Monarchie der Habsburger, sondern auch durch das osmanische Reich, das zu manchen Zeiten religiöse Freiheiten gewährte, an die im christlichen Abendland noch gar nicht zu denken war.

Auf Gabriele von Baumberg war ich in einem alten Wälzer gestoßen, im zweiten voluminösen Band, den die unermüdlich im Bergwerk der Überlieferung grabenden Literarhistoriker und emsig pflichtgetreuen k.u.k. Untertanen Nagl, Zeidler und Castle 1914 der „Deutsch-österreichischen Literaturgeschichte" gewidmet haben. Was dort von ihr zu lesen stand, mutete selbst in der beinernen Gelehrtensprache so erschütternd an, dass ich mich daran machte, mehr von der verschollenen Dichterin zu erfahren. Was herauszufinden war, habe ich in meinem Buch „Ins unentdeckte Österreich" dargelegt, just als der ungarische Autor László Márton mir seine Erzählung zuschickte, in der er sich auf die Suche nach den Lebensspuren von Gabriele von Baumbergs Mann, des ungarischen Revolutionärs und Schriftstellers János Bacsány, begibt.

Gabriele von Baumberg stand um 1800 im Ruf, die schönste Frau von Wien zu sein, und war doch viel mehr: eine begabte Dichterin, deren Künstlertum von den Mühlen der habsburgischen Justiz gnadenlos zermahlen wurde, eine Revolutionärin wider Willen, die die Salons der guten Gesellschaft verließ, eine unerschrocken Liebende, die ihrem Gatten zuerst von „der Donau an die Seine" folgte, in die Welthauptstadt der Revolution, und den politischen Gefangenen später begleitete, als er von einem Gefängnis der Donaumonarchie in das nächste verfrachtet wurde. Die „schöne Sängerin vom Isterfluss" – Ister wurde die Donau von den alten Griechen genannt – wurde bereits mit zwanzig als „Sappho von Wien“ verehrt, die betörend von nichts als Lust und Leid der Liebe sang. Die Liebe zu János Bacsány aber bescherte ihr ein solches Übermaß an Leid, dass alle Lieder in ihr verstummten.

Bacsányi, der der „Barde meiner ungarischen Nation“ werden wollte, war als Freund des Erzketzers Ignác Martinovics in den Verdacht geraten, sich für den bürgerlichen Aufstand wider die Herrschaft der Habsburger verschworen zu haben. Verhaftet, gefoltert, eingekerkert, gelang es ihm, nach Paris zu entrinnen, wo er nach der Niederlage Napoleons neuerdings in Haft genommen, nach Österreich verschleppt und endlich, da ihm die Heimkehr nach Budapest verboten blieb, bis ins hohe Alter nach Linz verbannt wurde, das immerhin an der gleichen Donau lag wie die unerreichbare ungarische Heimat. Martinovics, zuvor Abt eines Klosters, war in den Wiener Jakobinerprozessen zum Tod verurteilt und 1795 hingerichtet worden, der mitangeklagte Alfred Riedel, einst Erzieher des Kaisers Franz und später von diesem mit geradezu inniger Rachsucht verfolgt, landete im Gefängnis von Munkacs. Der Wiener Rebell Riedel verfaulte in einem Gefängnis in den fernen ukrainischen Wäldern, sein Freund, der ungarische Rebell Bacsány, wurde hingegen nach Nordtirol gebracht, wo er der Einsamkeit seiner Festungshaft die „Kufsteiner Elegien“ abzutrotzen wusste. Nach Kufstein ist ihm seine Frau Gabriele von Baumberg gefolgt, ebenso wie nach Brünn, wo er auf dem Spielberg, dem Festungsgrab von Generationen politischer Häftlinge, an die Mauer der Zelle geschmiedet wurde, und endlich auch nach Linz, wo das alternde Ehepaar bis zuletzt unter strenger Observation stand.

Der österreichisch-ungarische Grenzverkehr, es hat ihn immer gegeben, und immer in zweifacher Form: als Verfügung der Macht, die die Untertanen von da nach dort verschickte, und sei es in Ketten, und als Begegnung von Menschen, die die Grenzen, die ihnen Staat, Stand, Sprache auferlegten, zu überschreiten wussten. Gabriele von Baumberg, selbstbewusst und begabt, hat mit den politischen Ideen, denen sich Bacsány verschrieb, wohl nicht besonders viel zu tun gehabt, aber sie hat die Knute der Macht, wider die er revoltierte, selber zu spüren bekommen und sich trotzig in das Schicksal gefügt, das über ihre Liebe verhängt wurde. Den Rat, doch alleine nach Wien und in die aristokratischen Kreise zurückzukehren, in denen ihr einst so viel Anerkennung zuteilgeworden war, hat die schöne Dichterin des Isterflusses sich wütend verbeten.

Den Abgesandten der guten Gesellschaft schickte sie mit dem Spottvers heim: „Mehr Geist bedeckt dein Hut auf diesem Topf, als hättest Du ihn auf dem Kopf.“

Sie lebte mit Bacsány in Linz, schrieb allenfalls noch vom „Tokayer“, dem ungarischen Wein, der ihr zum treuen „Gramzerstreuer“ wurde, und war, so früh berühmt, bereits vergessen, als sie 1839 starb. Am Ende seines Lebens hatte auch Bacsány nichts von dem erreicht, wofür er gekämpft und gelitten hatte: Seine Schriften waren vernichtet, seine Aufrufe fanden kein Volk, seine staatspolitischen Pläne wurden vereitelt, noch ehe sie das Haus des Verschwörers hätten verlassen können. So dicht war das Netz der Spitzel und Observanten geknüpft, dass das wenige, was sich von ihm an schriftlichen Zeugnissen erhalten hat, einzig in den Akten der geheimen Staatspolizei nachzulesen ist, die es abfing, getreulich mit Registernummern versah und so ins ewigen Archiv der österreichisch-ungarischen Revolten rettete.

Von **Cernavodă**, der Donaustadt in der rumänischen Dobrudscha, ist mir in Erinnerung, dass ich dort an einem heißen Tag über eine der längsten Brücken der Welt ging und wohl über eine Stunde brauchte, bis ich auf ihr die beiden Arme, in die sich die Donau hier bereits verzweigt hat, überquert hatte. Die Stadt ist uralt, aber sie wirkte, als wäre sie von einem Ruinenbaumeister auf den neuesten Stand gebracht worden. Von Cernavodă zweigt der unter Ceaușescu durchs Land gestochene Donaukanal ab, der hier, wo die Donau eine sehenswerte Kehre nach Norden schlägt, in südöstlicher Richtung den kürzesten Weg zum Schwarzen Meer nimmt, in das er südlich von Constanța mündet – und so den Schiffern einen Weg von fast 500 Kilometern erspart.

Das berühmteste Kind der Stadt bekam ich jedoch nicht in Cernavodă zu sehen, auch nicht in Bukarest, wo es sich das Jahr über meistens aufhält, sondern in einem Schweizer Museum. „Der Denker von Cernavodă“ ist eine Figur aus gebranntem Ton, die vor beiläufig dreitausend Jahren geschaffen wurde und den unbefangenen Betrachter noch heute zu erschüttern vermag.

Der Denker erschüttert, weil wir uns in ihm wie in einem lange vor uns abgeschiedenen Bruder erkennen. Er hockt da, die Ellbogen auf die Knie, das Gesicht in die Hände gestützt. Die Nase ist groß, der kleine Mund halb geöffnet, und die beiden tiefen Augen blicken herauf in eine namenlose Ferne, in der sie endlich uns entdecken.

Ich wusste noch nicht, was die Donau war, da wusste ich schon, dass wir **Donauschwaben** waren. Im Unterschied zu meinen Schulfreunden, deren Eltern aus der Stadt Salzburg stammten oder aus dem Lungau oder einem Dorf in Tirol zugezogen waren, sind meine Eltern erst 1945 nach Österreich gekommen. Das war, immerhin, etwas Besonderes. Ihre lange Wanderschaft hatte in der Batschka ihren Ausgang genommen, durch das halbe vom Krieg zerstörte Europa geführt und gänzlich zufällig in Salzburg geendet. Wir waren Donauschwaben, das wusste ich, denn mein Vater leitete eine Beratungsstelle für Flüchtlinge, worunter vornehmlich Donauschwaben und Siebenbürger Sachsen gemeint waren, die am Ende eines verheerenden, von den Nationalsozialisten vom Zaum gebrochenen Krieges, in dem sich diese in ihrem Eroberungsdrang auch auf die vermeintlich unerlösten deutschen Volksgruppen auf dem Balkan berufen hatten, aus ihrer Heimat vertrieben wurden.

Wer die Donauschwaben wirklich waren, darüber gibt es viele Gerüchte und Legenden. Es fängt schon damit an, dass die Donauschwaben gar keine Schwaben waren, oder genauer: dass die Schwaben nur eine von vielen Gruppen bildeten, die erst kurz vor ihrem unverdienten historischen Untergang im 20. Jahrhundert in einen gemeinsamen Namen gefasst wurden. Es waren nämlich Franken, Pfälzer, Hessen, Aargauer, Elsässer, Lothringer, Luxemburger, Thüringer und Auswanderer aus vielen österreichischen Erbländern, die seit Ende des 17. Jahrhunderts in großen Wellen, den „Schwabenzügen", tief nach Südosteuropa gelangten. Sie kamen in verödetes Gebiet, in dem nach einer schier endlosen Folge von Schlachten zwischen den osmanischen und den österreichischen Heeren die Gebeine gefallener, hingemordeter Generationen moderten. Nach den Siegen, mit denen die kaiserlichen Heere unter dem Prinzen Eugen von Savoyen die Osmanen endgültig aus Mitteleuropa zurückwarfen, ging es die Habsburgische Verwaltung mit bürokratischem Eifer an und suchte das nahezu menschenverlassene Land systematisch neu zu besiedeln; ein Land, das, in den staatlichen Kategorien von heute gedacht, den Süden Ungarns, den Osten Kroatiens sowie weite Teile Serbiens und Rumäniens umfasste und damals zur Gänze der Donaumonarchie zugehörte.

Zu solchem Siedlungswerk brauchte es Menschen, viele Menschen, die bereit waren, ihre Heimat zu verlassen. Die deutschnationale Mythologie hat sie später zu kühnen Ostlandfahrern erklärt, zu wehrhaften Grenzlandbauern, zum christlichen Bollwerk des Abendlands gegen die stets drohende islamische Gefahr. Doch hat auch damals seine Heimat nur verlassen, wer keine Aussicht sah, Not und Unterdrückung in ihr selbst zu wenden: So brachen Leute auf, die feudale Willkür oder religiöse Unterdrückung gelitten hatten, aus der Bahn geworfene Existenzen, Handwerker, die sich als Tagelöhner verdingen mussten, Bauernsöhne, die bei der Erbteilung leer ausgegangen waren, junge Frauen, die der Witwenstand ins Elend oder in die Prostitution geführt hatte. Eine großdeutsche Ideologie hatten sie gewiss nicht im Gepäck, als sie sich ins Ungewisse aufmachten und hofften, es würde ihnen dort, in der Fremde, besser ergehen als zuhause.

Die erste Generation starb an Seuchen, an den kalten Wintern, Missernten, an ihrer Unkenntnis des Landes und Klimas dahin. Um 1900 aber hatten es ihre Nachfahren allenthalben zu Wohlstand gebracht, und erst jetzt fanden sie auch zu so etwas wie einer gemeinsamen Identität als „Donauschwaben". Sie zählten wohl 1,5 Millionen Menschen, galten als „jüngster deutscher Stamm" und lebten stets in Nachbarschaft zu anderen Nationalitäten des Donauraums, zu Ungarn, Kroaten, Serben, Rumänen, Juden, Zigeunern und einem halben Dutzend kleinerer Völkerschaften. Man braucht dieses Zusammenleben nicht zur ungetrübten Völkeridylle zu verklären, aber bis ins 19. Jahrhundert ist in den historischen Quellen von nationalen Konflikten nicht die Rede. Der historische Raum war vielmehr von der Koexistenz verschiedener Völker geprägt, und die tägliche Begegnung über die Grenze der eigenen Nationalität hinaus war eine schlichte Überlebensnotwendigkeit für jeden. Mein Großvater Michael Herdt ist nur vier Jahre zur Volksschule gegangen, aber er konnte sich in sechs Sprachen unterhalten, denn sechs Nationalitäten lebten in der Batschka in jeder kleinen Stadt und fast in jedem Dorf zusammen.

Wir waren Donauschwaben. Alle meine Verwandten, die von „unten", aus Syrmien, dem Banat oder der Batschka kamen, sprachen ein anders gefärbtes Deutsch, als ich es von meinen Spielgefährten und den Erwachsenen in der Siedlung kannte. Warum waren wir dann nach Österreich und unter diese Leute geraten? Die Wehrmacht hatte eine Blutspur durch den Balkan gezogen und sich dabei auch donauschwäbischer Helfershelfer bedient. Dafür hatten die Donauschwaben am Ende des Krieges zu bezahlen; zur kriminellen Minorität erklärt, wurden sie kollektiv verjagt. Wer blieb, oft im Zutrauen, dass ihn seine Freundschaft zu serbischen Geschäftspartnern und Nachbarn sowie beweisbare Unschuld vor Verfolgung schützen würden, sah sich getäuscht. Abertausende von ihnen wurden in Lager gesteckt, wo sie verhungerten, an Typhus oder Tuberkulose starben; die das Glück hatten zu überleben, kamen nach Jahren frei und haben sich, wenn sie nicht verspätet das Land verließen, rasch den staatstragenden Nationalitäten der Serben oder Kroaten angeschlossen, deren Sprache sie ohnedies beherrschten.

Längst räumen serbische Historiker ein, dass es zwar eine nationalsozialistische Gleichschaltung der politischen Elite, aber keine Faschisierung der Volksgruppe selbst gegeben hat und den Donauschwaben mit der Vertreibung Unrecht zugefügt wurde. Diese Rehabilitierung vermag nichts mehr daran zu ändern, dass die Donauschwaben, die erst spät in der Geschichte auftauchten, bereits wieder aus dieser verschwunden sind. Dort, wo ihr historisches Siedlungsgebiet war, leben, versprengt, nur mehr wenige von ihnen; in Deutschland und Österreich wiederum, wo sich 1945 hunderttausende ansiedelten, sind deren Kinder und Kindeskinder längst in der Landesbevölkerung aufgegangen. Am beharrlichsten halten sich donauschwäbische Traditionen in den USA und in Kanada. Gleich vielen anderen Einwanderern pflegen auch die amerikanischen Donauschwaben ein inniges Verhältnis zur „alten Heimat", und dass die allermeisten von ihnen diese gar nicht kennen, hindert sie nicht, sich in Trachten- und Volkstanzgruppen zu organisieren, alljährlich Kirchweih zu feiern und sich in einem Dialekt zu üben, dessen Standardsprache, das Deutsche, sie nicht mehr verstehen. Ein Snob, wer daran etwas zu tadeln fände.

Ein älterer Herr, „als Freund großartig, als Schriftsteller mittelmäßig, als Mann grauenhaft", sitzt auf der Veranda seines Hauses, das auf einer Donau-Insel unweit von Budapest steht. Er betrachtet das Wasser, das vorbeizieht, und gelangt ins Grübeln, ob man in dieser Brühe auch in fünfzehn Jahren noch wird baden können, ohne gesundheitlichen Schaden zu nehmen. Aber zu baden war immer schon gefährlich, vor allem zu Zeiten, als die Staatsmacht mit brachialer Obsorge darauf achtete, dass niemand aus Übermut, Disziplinlosigkeit oder Renitenz in der Donau unterging. Dem älteren Herrn, der auf der Veranda sitzt und Wein trinkt, dessen Traube an den Hängen der Donau reifte, kommt eine Szene in den Sinn, die sich vor dreißig, vierzig Jahren zugetragen hat, als die kommunistische Polizei das geordnete Baden in der Donau zu überwachen hatte, einen widersetzlichen Schwimmer mit dem Polizeiboot verfolgte und endlich auch

467

475

126

430

6.XII.08

2143 22.XI.08

58

2

3

2·XII·08

4

Föhnsturm 1·XII·08

5

Föhnsturm 1·XII·08

6

Föhnsturm 1. XII. 08

7

8. XII. 08

8

Tribeč 2. XII. 08

2.XII.08

15.XII.08

1476

2

Dunaszekcső 1962

131

3

1960

130

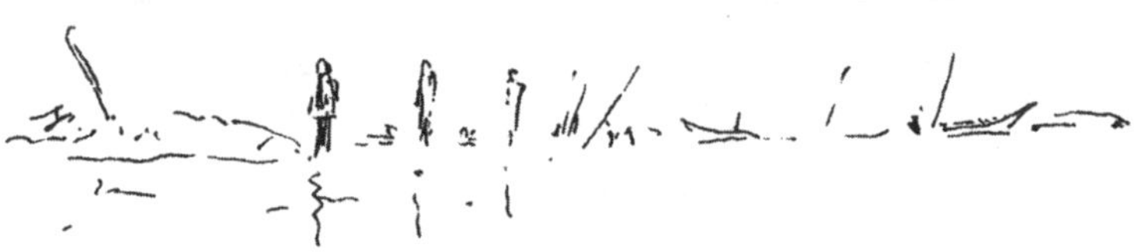

1958

128

5

1175 Genua 103

6

1234 112

7

1283 117

Belegis

1427

1170 Belgrad

zu stellen wusste. Als er sich weigerte, ins Boot zu klettern, schlug man ihm kurzerhand mit dem Ruder aufs Haupt, sodass der darob Ohnmächtige endlich zu seinem eigenen Schutze aus dem gefährlichen Wasser gezogen werden konnte.

Der das erzählt, ist eine Romanfigur namens Borsi, in der sich unverkennbar ihr Schöpfer István Eörsi spiegelt. „Im geschlossenen Raum" ist der letzte Roman des ungarischen Autors, eines Rebellen aus Temperament und Neigung, der sich das Lachen, das höhnische wie das ausgelassene, niemals austreiben ließ. Was er vom Leben im „realen Sozialismus" zu erzählen wusste, war so abstrus, grimmig, auflachend komisch, wie es wohl nur einer erleben und gestalten konnte, der so etwas wie ein idealer Kommunist war. Als solcher hatte Eörsi es mit den realen Kommunisten nicht leicht, sie sperrten den 25-jährigen Schüler des gebannten marxistischen Philosophen Georg Lukács nach dem Volksaufstand von 1956 vier Jahre lang ins Gefängnis und haben später seine Bücher und Theaterstücke einmal offiziell prämiert, dann wieder verboten und es dem alles andere als mittelmäßigen Schriftsteller schwerer noch als vielen anderen gemacht.

Wer István Eörsi begegnete, wird sich an einen Menschen voller Esprit erinnern, dessen Augen vor Übermut, vor schierer Daseinsfreude nur so funkelten und der im Übrigen um seine eigene politische Leidensgeschichte nie das geringste Aufheben machte. Ein Oppositioneller ist er auch nach der Wende von 1989 geblieben, denn dass auf die Jahre des bürokratischen Sozialismus nichts Besseres folgen konnte als ein ungezähmter Kapitalismus, wie er Ungarn heute regiert und deformiert, schien ihm weder sinnvoll noch akzeptabel zu sein.

In seinem letzten Roman zeichnet er mit lässiger Gebärde ein sarkastisches Bild von sich. Ein alternder Schriftsteller, der ein manischer Verführer von Frauen war, wird auf seiner Donauinsel von einer jungen Reporterin besucht, die sich aus der Biographie des Berühmten und Umstrittenen ein paar sensationelle Stücke herausschlagen möchte: Seine Gegner, die Apparatschiks des kommunistischen Systems, will sie nachträglich ebenso anklagen können wie ihn selber, den linken Oppositionellen, der so leichtfertigen Umgang mit Frauen pflegte. Daraus wird nicht viel, denn Borsi ist ihr immer einen Schritt voraus, er urteilt schärfer über sich als sie und ist unerbittlicher, was den Verrat seiner Genossen von früher betrifft; vor allem aber ist er, so oft um seine Hoffnungen betrogen, dennoch glücklicher als sie, ja, er ist auf das Glück so versessen, als wäre es die einzige Lebenskunst, auf die es ankommt.

Ein paar Monate vor seinem Tod hat mich István angerufen. Er erzählte mir, dass die Erkrankung, die ihn so jämmerlich zugrunde richte, auch seinen Sohn niedergestreckt habe. Er zeigte sich fast verwundert, dass er am Ende seines Lebens noch den Hiob in sein Repertoire aufnehmen musste. Tatsächlich ist ihm das Schlimmste widerfahren: den Sohn sterben zu sehen, der wenige Wochen vor ihm an jener Leukämie verstarb, der er im Oktober 2005 selber erlag, ein Mann, der das Kunststück zuwege gebracht hatte, mitunter von den gleichen Leuten bewundert zu werden, die seinen unbestechlichen, beißenden Witz fürchteten, und von jenen geliebt, die seinen radikalen Ideen zu folgen nicht den Mut hatten.

Heute ist Futog ein Stadtteil von Novi Sad, aber 200 Jahre lang war es eine donauschwäbische Kleinstadt an der Donau. Dort baute ein früh verwaistes Kind, das sich zum Hutmacher ausgebildet hatte und mit Geschick und Fleiß in dieser Profession reich geworden war, ein Kaufhaus, das von Brillen und Uhren über Grammophone, Porzellangeschirr und landwirtschaftliche Geräte bis zu lebenden Säuen und Zeitungen alles im Angebot hatte. Es war der Stolz meines Großvaters Michael Herdt, dass es auf der großen weiten Welt nichts gebe, das er, sofern es seiner Kundschaft danach gelüstete, nicht auch in Futog anbieten könnte.

In Futog ist auch meine Mutter geboren, und wie sie mir den Ort ihrer Kindheit schilderte, konnte ich ihn mir nie anders denn als unter einer brennend heißen Sonne brütendes Dorf vorstellen, dessen wahres Element der Staub war, der feine Staub, der über den Straßen lag und der, wenn der Postbus aus Novi Sad durchfuhr, aufwirbelte, sodass die Kinder schon darauf warteten, unter seiner langsam niedersinkenden Kuppel wie unter einer Brause zu „baden". Futog, das war der pannonische Staub – und die Donau, zu der die Kinder sommers zogen, um sich von ihr ein paar Kilometer flussabwärts treiben zu lassen und dann an ihrem Ufer wieder zurückzutraben, ein Vergnügen, so groß, dass meine Mutter noch am Ende ihrer Tage kein anderes zu nennen wusste, das ihm gleichgekommen wäre. Doch die Donau forderte auch jedes Jahr ihre Opfer unter den Jugendlichen, denn sie hatte Untiefen, Stromschnellen und war, so ruhig sie dahinfloss, wie geschaffen dafür, dass man sie unterschätze und von ihr nicht ans Ufer, sondern hinaus in die Mitte des Flusses getrieben wurde und ertrank.

Die 1944 aus Futog vertriebenen Schwaben haben ihre Stadt in Bayern noch einmal aufgebaut, nicht an einem großen Fluss, sondern einem Bächlein, der Alz, und Garching genannt. Schnurgerade legten sie dort ihre Straßen an, die staubig waren und einander im rechten Winkel schnitten, ein Haus bauten sie gerade so wie das andere, und vor einem jeden gab es einen kleinen Garten, in dem sie exzessiv Gemüse zogen. Wenn ich meine Großeltern besuchte, die noch zwanzig ratlose Jahre in Garching lebten, erschauerte ich vor der Reglementierung des Lebens in dieser kleinen Welt, in der ein jeder von jedem alles wusste und keine Abweichung unbemerkt, kein Fehltritt ungeahndet blieb. Auch meine Mutter fühlte sich in Garching nicht wohl und hat es nur ungern und aus Pflichtgefühl besucht. Futog hingegen, das gleiche Städtchen, aber in einer anderen Zeit, an einem anderen Fluss und unter einem anderen Himmel, hat sie in dem Buch, das sie zu schreiben begann, als sie ihren Tod nahen fühlte, für ihre Kinder und Enkelkinder mit solcher Intensität der Erinnerung noch einmal erstehen lassen, dass es geradezu leuchtend vor uns steht.

Er hatte kein Maß, also war er auch nicht Mittelmaß: Rudolf **Geist** hat ein gigantisches, ins Unüberschaubare gewachsenes, nach den Sternen greifendes Werk verfasst, ein in alle Welt verstreutes Zettelwerk, das sein Sohn seit Jahrzehnten wieder zusammenzutragen versucht. Vor den schieren Dimensionen dieses Werks schwindelt einen, als ich jedoch erfuhr, in welcher Bedrängnis es entstanden war, begann es mich zu schaudern: denn dieser Rudolf Geist des Widerspruchs hat von der Menschenliebe gesungen, während er hungerte, und von Österreichs pazifistischer Sendung geschwärmt, während er in österreichischen Kerkern saß.

Als die österreichisch-ungarische Armee ihn einberief, hatte der 1900 geborene Rudolf Geist die „Fackel“ von Karl Kraus im Tornister, um mit ihr unter den Soldaten pazifistische Propaganda zu treiben. Heimgekehrt vom Feld der Ehre, saß er als Anarchist oft und meist wegen „Amtsehrenbeleidigung“ in Polizeihaft. Auf dem ersten, von Gregor Gog organsierten europäischen Vagabundenkongress hielt er 1929 eine legendäre Stegreifrede, in der er dem Vagabunden die Rolle eines revolutionären Agitators zuwies. In seinem Kleinverlag publizierte er die frechen Texte Erich Mühsams, während er selber als Postkartendichter durch die Kaffeehäuser und Arbeitersiedlungen von Wien zog und seine Gedichte als Hausierer anbot.

Als Österreich zur Ostmark wurde, geriet er in die Fänge der Gestapo, die ihn über ein Jahr lang malträtiere und erst entließ, als er für sein Leben gezeichnet war. Nach dem Krieg erhielt er dafür eine Opferfürsorgerente, die so niedrig war, dass er seine sechsköpfige Familie als Berufskartenspieler durchzubringen versuchte. Den Sozialismus leitete er als alter Kosmiker voller Zutrauen aus der Sternenharmonie her, und den österreichischen Patriotismus, der ihm unauflöslich mit der subversiven Alltagskultur randständiger Existenzen verbunden war, hing er unbelehrbar trotzig wider alle Erfahrung an. Als weltumarmender Lyriker sang er von böhmischen Ziegelarbeitern, Wiener Vorstadtproleten, Waldviertler Wanderarbeitern, österreichischen und ungarischen Zigeunern, stolzen Indios, von den sich erhebenden Schwarzen der europäischen Kolonien in Afrika ...

1956 war er vor der Zeit gestorben, und als sein hundertster Geburtstag nahte, gewann mich sein Sohn, der evangelische Pfarrer Till Geist, ein Mann von damals 65 Jahren, dessen Frömmigkeit mir so sozialradikal erschien, dass ich in ihr den politischen Radikalismus seines eigenartig schöpfungsfrommen Vaters entdecken zu können meinte, zur Mitarbeit an einem Buch. So kam es, dass ich im Herbst 1999 zum ersten Mal bei einem Pfarrer zu Gast war, und dieses Erlebnis bescherte mir außer einem höchst ungewöhnlichen Gespräch mit einem wachen, witzigen Menschen, der mir über Anarchismus, Weltfrieden, Gottvertrauen und Fußball predigte, auch einen Schock. In der vollständig mit Büchern, Dokumenten und Schriften des Vaters vollgeräumten Wohnung des Pfarrers stieß ich auf ein großes Buch, in dem Rudolf Geist 1950 handschriftlich notiert hatte, was er in seinem Leben literarisch noch alles zu unternehmen und zu vollenden gedachte. Von nicht weniger als 735 Romanen, Novellen, Erzählungen, Dramen, Drehbüchern, Gedichtzyklen, Studien hatte er darin die Titel verzeichnet, die Namen der Hauptfiguren und die grundlegenden Konflikte, die Orte der Handlung und den zeitlichen Rahmen des Geschehens. Er hatte kein Maß, und auf keines vermochte er sich weniger einzustellen als auf das mittlere.

Im Jahr 2000 erschien das Buch, das Till Geist mit mir über den „unruhigen Geist", seinen Vater, zusammengestellt hatte, eine Collage, die den Bogen vom obdachlosen Jugendlichen, der in den Donauauen nächtigte, zum kranken Dichter schlägt, der die Gestapo-Haft nur gerade ein Jahrzehnt überleben würde und bis zuletzt nicht aufhörte, die „Schöpfung von der letzten Kreatur an" zu rühmen und zu verkünden, dass das Leben schön sei.

Doch Rudolf Geists Lebensbuch blieb völlig unbeachtet und er selbst ist bis heute so vergessen, wie sich das jene, die ihn inhaftierten und verfolgten, die seine Bücher verbrannten und seine Existenz ruinierten, vorgestellt haben mochten.

Er war gar nicht mein Onkel, sondern der meiner Mutter, aber wenn von ihm gesprochen wurde, war er immer der Onkel Hugo von allen. Gesehen haben wir Kinder ihn nur ein Mal, doch so viele Geschichten gab es von ihm, dass wir uns nie gewundert hätten, wenn er bei der Tür hereingetreten wäre. Der Onkel Hugo, ein Bruder meiner Großmutter, war in Pannonien zum Kunstweber ausgebildet und auf die Walz geschickt worden. Ein Jahr, nachdem er die Kleinstadt in der Batschka verlassen hatte, kam ein Brief von ihm, aus Ameriga, wie es die Donauschwaben in ihrem kehlig weichen Dialekt auszusprechen pflegten. Der Onkel Hugo hatte sich abgesetzt und lebte statt in Futog in Philadelphia, wohin schon um 1900 viele Pannonier, gleich welcher Nationalität, ausgewandert waren und nach 1945 zehntausende von Donauschwaben, die ihre Heimat verlassen mussten, gelangten.

Zum reichen Onkel aus Amerika hat es der Onkel Hugo nicht gebracht, er arbeitete in einer Textilfabrik, heiratete eine ungarische Emigrantin – die ebenso schlecht Englisch lernte wie er –, wurde Vater zweier amerikanischer Kinder, John und Mary, und hat, wie sich meine Mutter noch in hohem Alter dankbar erinnerte, in den ersten Nachkriegsjahren regelmäßig Pakete nach Salzburg geschickt, mit Kleidung, Konserven und einmal sogar mit einem Paar hochmoderner, schicker Stöckelschuhe für sie.

Ich war fünf Jahre alt, als ich den Onkel Hugo, von dem ich so viel gehört hatte, endlich kennenlernte, er kam zu einer Hochzeit nach Salzburg und dachte wohl auch, letzten Abschied von Europa und seiner weit verzweigten europäischen Verwandtschaft zu nehmen. Er stand damals bereits in seinen Siebzigern, war verwitwet und genau so, wie ein Onkel zu sein hatte, freigebig, redsam reich an Geschichten und Anekdoten und amüsiert, wenn wir Kinder etwas Ungezogenes anstellten. Ehe er nach Ameriga zurückfuhr, wollte er noch eine kleine Reise unternehmen, von der er sein Lebtag geträumt hatte. Meine Mutter sollte ihn nach Venedig begleiten und auf ihn, der schon gebrechlich war, achten. So fuhren sie frühmorgens mit einem Reisebus in Salzburg ab, doch als sie in Venedig ankamen, sackte der Onkel Hugo zusammen, sodass er das Hotelbett hüten musste, bis der Bus sie drei Tage später wieder nach Salzburg brachte. Meiner

Mutter erteilte er den Auftrag, in Murano ein Erinnerungsstück zu kaufen, das sie auf ewig an ihn, den Onkel Hugo, der ein Mal im Leben Venedig sehen wollte und dort fast gestorben wäre, erinnern sollte. Sie erstand einen großen gelben Aschenbecher, mit zwei fein geschwungenen Einbuchtungen am hochgewölbten Rand, den bis zu seinem Tod mein Vater, ein unermüdlicher Raucher, verwendete. Seit ein paar Jahren steht der Aschenbecher auf dem Aufsatz meines Schreibtisches, er dient mir als Behältnis für Büroklammern, und während ich dies schreibe, kann ich ihn anschauen, und zugleich sehe ich den Onkel Hugo vor mir, der es doch noch heim bis nach Ameriga geschafft hat und erst ein paar Jahre später in Philadelphia gestorben ist.

Die Geschichte haben schon so viele erzählt, dass fraglich ist, ob sie sich je zugetragen hat. Vor Zeiten seien die Leute in Istanbul zusammengelaufen, weil am Bosporus etwas zu sehen war, was es in dieser Stadt noch nie gegeben hatte: Eisschollen, die im Wasser trieben, ein Wintergruß aus Wien, den die Donau ins Schwarze Meer geschwemmt hatte und der von dort zum Bosporus gelangte. Richtig ist jedenfalls, dass die Donau nicht bloß bis Sulina, sondern bis Istanbul fließt, und erst recht, wenn man „Fließen" nicht ausschließlich fluvial versteht, sondern als historische Bewegungsform nimmt, gehört die Donau dem Orient so sehr wie dem Okzident. Als Donau-Monarchie hätte sich auch das Osmanische Reich bezeichnen können, in dessen Dienst übrigens nicht wenige traten, die vor religiöser oder politischer Unterdrückung im Staate Habsburgs flüchteten.

Manche Untertanen seiner österreichischen Majestät machten am Hofe des Sultans glänzende Karriere oder dienten gar dem osmanischen Heer als Generäle, wie der ungarische Revolutionär Josef Bem, der sich 1848 in Wien und Budapest an die Spitze der Aufständischen stellte, 1849 in Siebenbürgen die russischen und österreichischen Truppen überwand und sich nach dem Sieg der Gegenrevolution nach Konstantinopel flüchtete, wo er zum Islam konvertierte und als Amurat Pascha für den Sultan focht. Josef Bem alias Amurat Pascha sollte man jedoch nicht zum Idol einer Freiheitsbewegung stilisieren, wie dies notorisch geschieht, denn der Rebell wider Habsburg hat sich als General der osmanischen Heere als gnadenloser Reaktionär erwiesen und Massaker an den Bewohnern von Aleppo verübt, die es wagten, dem Sultan die Steuern zu verweigern.

Mein Held der geistigen Schifffahrtslinie Wien–Istanbul ist der 1772 geborene Ignaz von Brenner-Felsach, der als

Zögling der Orientalischen Akademie in Wien seine Mußestunden damit zubrachte, auf Türkisch galante österreichische Dramen zu schreiben. Seine Berufsjahre teilten sich friedlich in die osmanischen und die habsburgischen, wirkte er doch anfänglich als hochdekorierter Palastdolmetsch am Hofe des Sultans in Istanbul, um später als Wirklicher Hofrat in Wien in Pension zu gehen.

Kaum dass einer von uns musikalische Neigungen zeigte, wurde er schon zum endlich eingetroffenen Erben des János-bácsi ausgerufen, des legendären Vorfahren, der schier alle Instrumente gespielt und gesammelt haben musste. Bald war es mein älterer Bruder, der sich nicht völlig interesselos an der Geige zeigte, dann eine Cousine, die das Klavier zu spielen begann – wann immer sich einer nicht als taub erwies, schien die Begabung unmittelbar vom János-bácsi auf ihn überkommen zu sein. Der war ein Bruder des Onkel Hugo gewesen, aber es war in donauschwäbischen Familien üblich, dass nur die weggezogenen Onkeln auch Onkeln genannt wurden, während die Onkeln, die in Pannonien, im Bannkreis der kleinen Stadt und der großen Familie blieben, zu ungarischen Bácsi wurden, was ja auch nichts anderes als „Onkel" bedeutete, das aber auf viel innigere Weise. Der János-bácsi war berühmt für die elegante Kleidung, die er trug, was umso mehr Erstaunen und Befremden hervorrief, als er Junggeselle blieb und keine Frau hatte, die für ihn tat, was damals Frauensache war, nämlich die Kleidung, die gekauft wurde, auszuwählen und die, die es anzuziehen galt, täglich für den dafür nicht ausgebildeten Ehemann aufzulegen.

Der János-bácsi war in einem Internat in Ungarn zur Schule gegangen und hatte, als er von dort zurückkehrte, nicht viel anderes gelernt als zu musizieren. Bereits als Jüngling wurde er Leiter des gemischten Chores von Futog, doch hielt er sich, abgesehen von den Proben und Aufführungen des Gesangsvereines, dem gesellschaftlichen Leben fern. Er wohnte immer für sich alleine in einer großen Wohnung, deren geräumigstes Zimmer seine wachsende Sammlung von Violinen und Violas, Flöten, Klarinetten, Flügelhörnern und anderen Instrumenten barg, die er teils selber spielte, teils nur aus Freude an ihrem Anblick erstand. So scheu war er, dass er selbst den Konzerten seiner privaten Musikschüler stets fernblieb. Junggesellen waren nach alter Sitte nicht wohlgelitten, und beim János-bácsi muss es schon fast einem Aufstand gegen die althergebrachte Ordnung der Welt gleichgekommen sein, dass er nicht nur Junggeselle war, sondern auch noch ein gut aussehender, auffällig gekleideter Dandy, der für einen Hagestolz zu elegant und zum Filou zu schüchtern war.

Als die Donauschwaben im Herbst 1944, kurz bevor die Partisanen die Stadt einnahmen, Futog verließen und mit Plätten auf die andere Seite der Donau übersetzten, ist der János-bácsi in der Stadt geblieben. Er hatte immer ein zurückgezogenes Leben geführt und dachte, dieses eine Mal würde ihm das nicht scheele Blicke eintragen, sondern nützlich sein; und doch wurde er in das Lager Jarek verschleppt. Eine ehemalige Schülerin von ihm, die ebenfalls dort gelandet war, berichtete später, dass er binnen weniger Monate seine Zähne und Haare verlor und als das Gespenst eines Mannes herumtappte, der einst sehr auf sein Äußeres Wert gelegt hatte. Am Weihnachtstag des Jahres 1945 ist er gestorben und sogleich verscharrt worden.

Vor über fünfzehn Jahren habe ich ein leidenschaftliches „Plädoyer“ für ihn veröffentlicht. Er hat sich artig dafür bedankt, in seinem offenen Brief an mich aber minutiös all die Fehler aufgelistet, die mir, schlampig seit je und nicht nur in der Attacke, bei seinem Lob unterlaufen waren. Wie konnte ich Bad Goisern und Gosau verwechseln? Zwei Orte im Salzkammergut, die viel mit seiner Biografie, mit seinem literarischen Werk und auch miteinander zu tun haben, die aber doch, hier das katholische Bad Goisern, in dem er aufwuchs, dort das religiös schon immer renitente Gosau, über dessen Rebellentraditionen er manches schrieb, nicht verwechselt zu werden verdienen. Oder meine Unbedarftheit in Fragen des Apfel- und Birnenmosts, von denen er glaubhaft behauptete, am Geruch des Urins im Wirtshaus zu erkennen, „ob der Most im Kremstal von den Bäumen fiel oder in Efferdingen“! Und so richtig hat Franz Kain, der lange unterschätzte Autor, sich auch nicht mit meiner Deutung abfinden mögen, dass seine Partei, die kommunistische, ihn immer nur ausgenutzt und gar um seine eigentliche Lebensaufgabe betrogen habe. So rücksichtslos, kam mir vor, hatte sie ihn auf die politische Tagesarbeit verpflichtet, dass er seine sozialkritischen, aber nicht soziologisch verschnittenen Romane und Erzählungen dem Schlaf, der Gesundheit, den kulturellen Parteiwächtern abtrotzen musste. Nein, widersprach er, so einfach war die Sache nicht, was er an seiner Partei zu kritisieren habe, sei anderes und es bedürfe, wenigstens was diese betreffe, keines Plädoyers, keiner Verteidigungsschrift von mir.

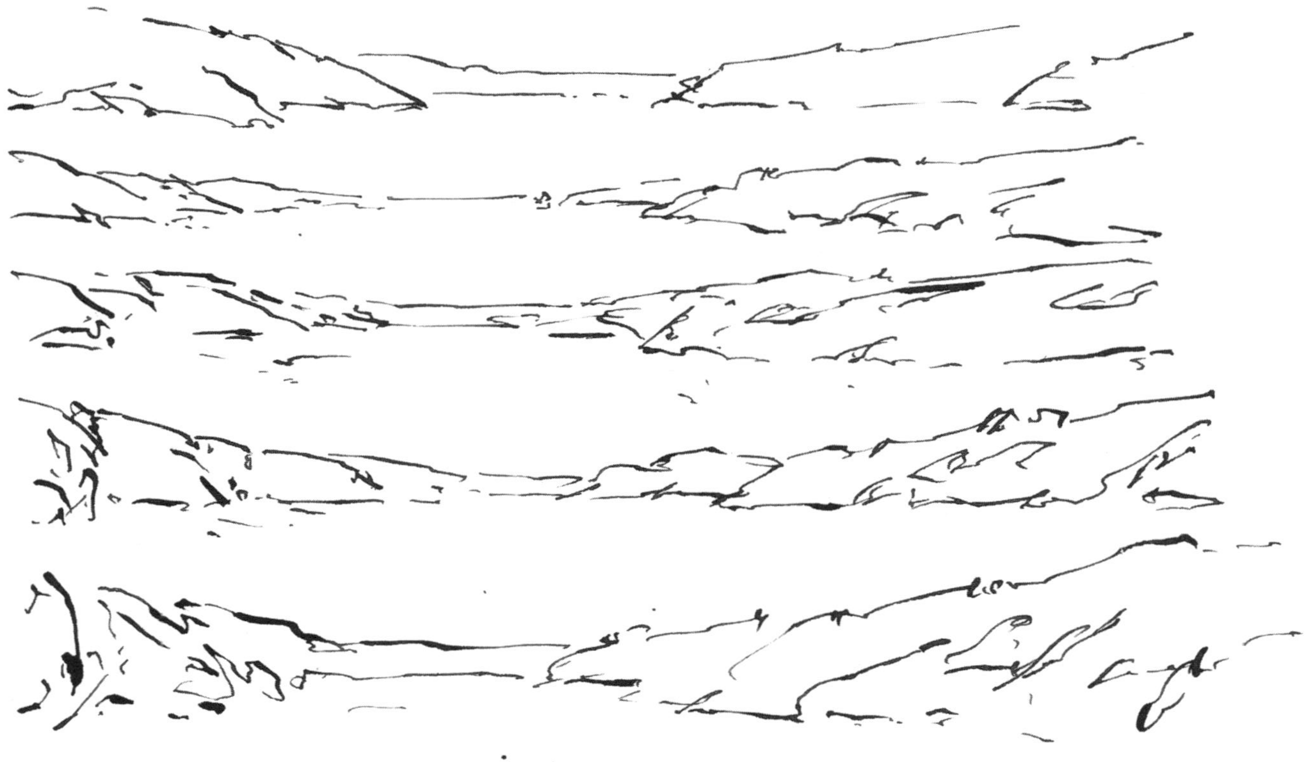

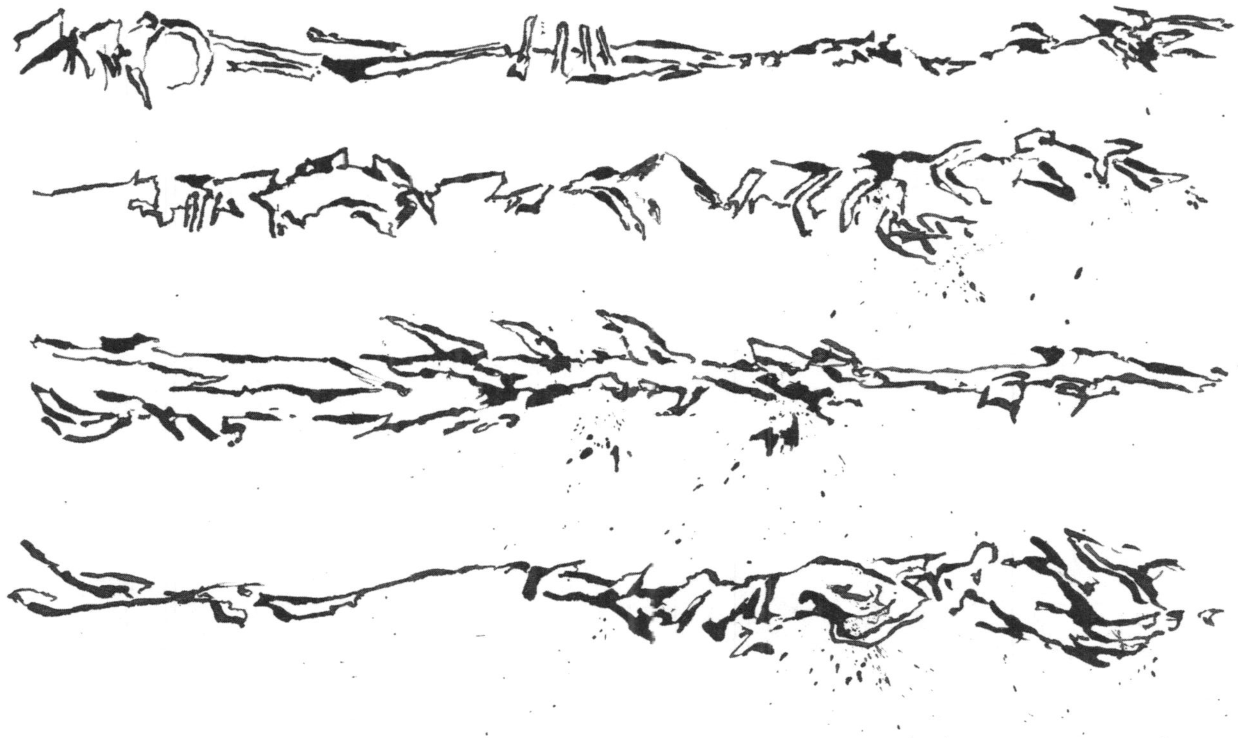

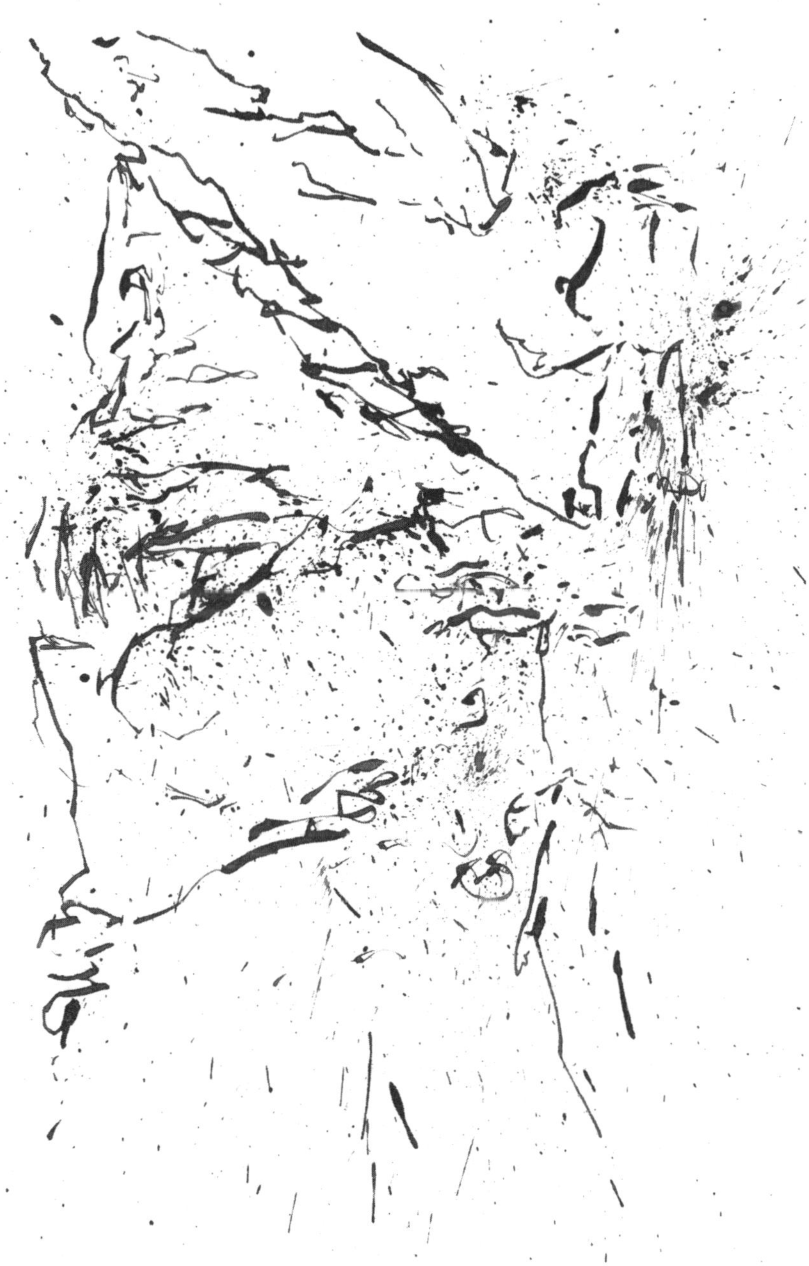

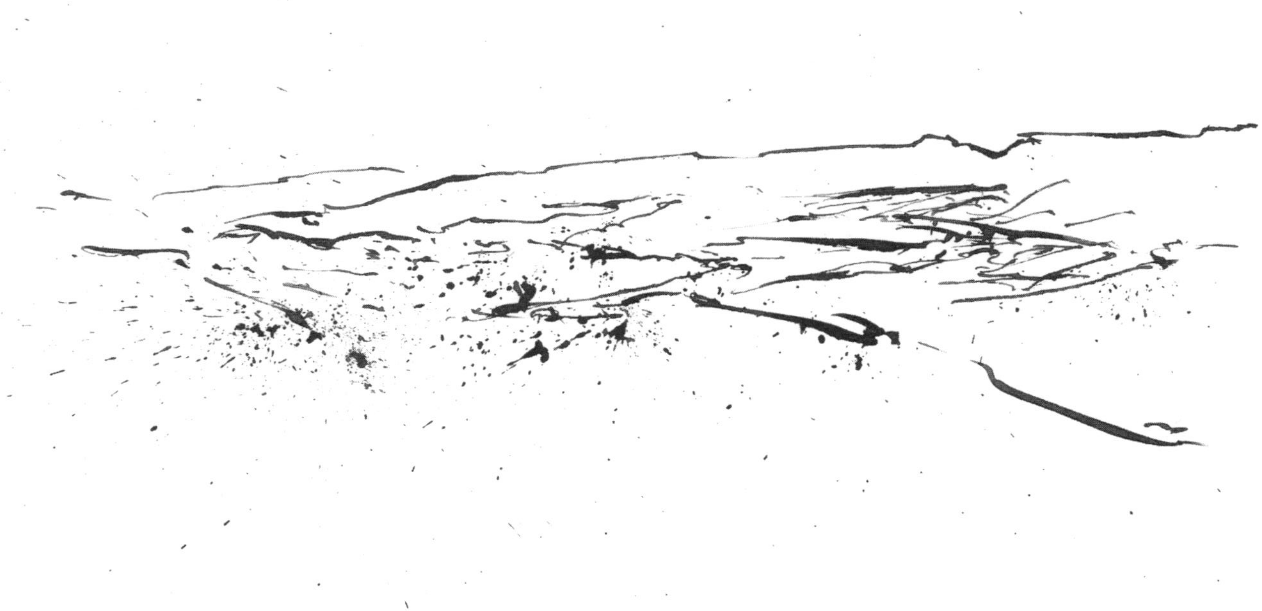

In seinem mit 25 Jahren geschriebenen Sonettenkranz „Der Strom" ist die Donau der große, breite „Weg zu fernen Meeren", den es zu befahren gilt, „denn horizontwärts mündet er ins Licht". Wo die Welt erstarrt scheint, erinnert die Donau daran, dass es Aufbruch, Gemeinschaft gibt: „Der Strom erhebt uns, über uns hinaus ..." In seiner Prosa fasste Kain, ein naturwüchsiger Erzähler, der über das Handwerk des Erzählens gegrübelt und zu diesem Thema manch kluge Arbeit geschrieben hat, die Donau weniger abstrakt und nicht als Medium der Utopie, sondern als konkreten Fluss, an dessen Ufern sich jene Geschichten ereignen, die stets besonders, unverwechselbar, auf den Ort bezogen, zeitgebunden und deren Ingredienzien gleichwohl „immer dieselben sind: menschliches Verhalten, Bewähren und Versagen". Besonders in der fesselnden Erzählung „Die Donau fließt vorbei", die von einem Linzer Mordfall des Jahres 1950 ausgeht, hat Kain alles Geschehen mit der Donau verbunden, mit den Uferwegen, dem Hafen, der Donaubrücke, den heruntergekommenen Wirtshäusern in Flussnähe, mit den Schiffern und Matrosen, den Liebespaaren, die sich nächtens in die Donauauen flüchten, und endlich auch mit dem Mörder, der sein Opfer in die Donau wirft, in der Hoffnung, der Strom werde mit diesem auch die Erinnerung an sein Verbrechen fortschwemmen.

So weit ich auch gereist bin, bis zum Leuchtturm von Sulina bin ich nie gelangt. Eine merkwürdige Scheu hat mich stets umdrehen, abzweigen, innehalten lassen, ehe ich das Donaudelta mit seinen unzähligen Seitenarmen erreicht hätte. Dort, wo sie immer langsamer fließt und unüberschaubar breit geworden ist, ihre vom Schwarzwald auf 2888 Flusskilometern gesammelten Wassermassen nur mehr träge weiterrollt und ihr fließender und zurückfließender Übergang zum Meer fast unmerklich ist, ausgerechnet dort also, wo der Fluss zum Meer wird, markiert der Leuchtturm den messtechnischen Nullpunkt der Donau. Mich diesem Übergang und der Entgrenzung auszusetzen, habe ich immer gezaudert, als wäre mir dieses Überströmen, Sichverlieren im Meer der Tod, der ja am Ende aller Reisen steht und den esoterisch zur großen, letzten und wahren Reise zu verklären mich noch gar nicht reizt.

Auch das macht die Donau vermutlich einzigartig unter den Flüssen, dass ihre Kilometer-Zählung beginnt, wo der Fluss endet und sich im Meer verliert. Ende und Anfang, hier fallen sie in eins, wie umgekehrt auch im Schwarzwald, wo die Bächlein Breg und Brigach sich vereinen und die Donau ihren Weg bei einem Uferzeichen aufnimmt, das die finale Kilometer-Bezeichnung 2888 trägt, just als würde der Fluss hier, wo er entspringt, sein Ende haben und dort, wo er endet, beim Leuchtturm in Sulina, seinen Anfang nehmen.

Diese Zählung stromaufwärts ist ungewöhnlich, aber ihre innere Wahrheit hatte sich für viele bereits erwiesen, noch ehe sie im 19. Jahrhundert vom britischen Ingenieur Charles Augustus Hartley während der Vermessungs- und Regulierungsarbeiten im Delta eingeführt wurde. Hölderlin, der sich aus seiner als unerträglich eng und düster erlittenen Zeit zurück ins lichte und freie Hellas träumte, hat die Donau als „melodischen Fluss" gerühmt, der zum Ursprung führt, aus der deutschen Kleinstaaterei hinaus und zurück in die Freiheit. Ein mythischer Fluss, seit die Argonauten wagemutig aufbrachen, der Ister hinter ihr Geheimnis zu kommen, erzählt die Donau von Ursprung und Traum und davon, dass sie in ihrem Verlauf nicht allein Menschen, Städte und Länder verbindet, sondern zwei Welten: Deutschland und Griechenland, Europa und Asien, Okzident und Orient, Neuzeit und Antike. Für Hölderlin beginnt der Fluss in Finsternis, um ins Helle zu fließen; an ihrer Mündung erst erreicht die Donau für ihn die Freiheit, erst wenn sie die deutschen Fürstentümer, die österreichische Monarchie, den Balkan hinter sich gelassen hat, erst bei Sulina erblickt sie ihr Ziel, von dem sie doch die ganze Strecke, vorwärts dringend, schon weiß: Hellas, stolzes Maß stolzer Menschen.

Inge **Morath** ist 1958 zum ersten Mal zu einer großen Donaureise aufgebrochen, als Fotografin, die von der Arbeitshypothese ausging, „dass Flüsse nicht nur Wasser sind", sondern die „Geschichte von Generationen von Menschen auf ihren Ufern geschrieben" haben. Während sie dem Lauf der Donau folgte, fiel ihr „die Vielfalt des Flusses" auf, und sie beschloss, mit ihrem Fotoprojekt gerade „der Mannigfaltigkeit der sich überlagernden Schichten von Zivilisationen, die dieser Wasserlauf trennt und vereint", auf den Grund zu gehen. Inge Morath ist in nächsten 35 Jahren immer wieder an die Donau zurückgekehrt, um sie eine kürzere oder längere Flussstrecke zu begleiten.

1995 erschien ihr Buch über die Donau, zu dem sie mich einlud, den einleitenden Essay zu verfassen. Als ich die Bilder des Bandes zum ersten Mal sah, war ich gerade von dieser Überlagerung der zivilisatorischen

Schichten fasziniert, die Morath schon früh als das Faszinierende der Donau gefasst hatte. Ihre Bilder zeigen einen Fluss, dessen Länder von der Gleichzeitigkeit des Gegensätzlichen geprägt sind, und solche Gleichzeitigkeit kann fruchtbar, aber auch furchtbar sein. Allzu oft werden wir heute nur mit dem Furchtbaren konfrontiert, mit dem Gegensatz von Luxus hier und Elend dort, von Regionen, in die die Menschen auf Suche nach Arbeit und Wohlstand strömen, und solchen, die sich entvölkern, leer werden und in denen die Ruinen einer längst aufgelassenen Schwer- oder Großindustrie wittern, als Gegensatz einer durch Traditionen und Wohlstand abgesicherten Bürgerlichkeit und einer Ökonomie, die aus Bauern und Arbeitern fungible Arbeitskräfte macht, die von hier nach dort verschickt werden ...

Die Gleichzeitigkeit ist häufig aber ein befreiendes Moment gewesen. Was die Donau mit ihren Ländern und Menschen so anziehend macht, ist eben die Vielfalt, der sich auf engem Raum entfaltende Widerspruch: nicht unberührte Natur, nicht einheitlich durchformte Kultur, bietet die Donau immer das Zugleich, von Nationalitäten, Religionen, Sprachen, von Entwicklungsstufen der Ökonomie, von Traditionen, die nicht preisgegeben, und Aufbrüchen, die gewagt werden, von Besonderheiten einer Volksgruppe, die trotzig bewahrt, und Verflechtungen mit der Welt, die als das Selbstverständliche gesucht werden. Wann immer in der Geschichte die Gleichzeitigkeit aufgehoben werden sollte – ob von den Strategen der Macht, die ihre großen und kleinen Reiche zur Einheit zwingen wollten; von den Propheten des Fortschritts, denen der Fluss selber verdächtig ist, weil er so unpraktisch reich an Kehren und Schlingen fließt, anstatt schnurgerade ins nächste Kraftwerk zu strömen; oder von Ideologen, die sich daran abarbeiten, dass die Menschen eines Tages alle im selben Takt denken mögen –, wann immer die verstörende Gleichzeitigkeit im Donauraum aufgehoben werden sollte, war halb Europa nahe daran, aus der Balance zu kippen. Die Donau verträgt keine Hegemonie. Die Gleichzeitigkeit ist ihr historisches Schicksal und ihre Lehre.

Inge Morath hat gewusst, dass „eine Fotografie in einem Augenblick entsteht, aber die plötzliche Entdeckung das Resultat einer langen Bekanntschaft sein kann". So hat sie es mit der Donau gehalten, und mit dem Fotografieren überhaupt. Auf meine Frage, wie sie fotografieren gelernt habe, hat sie mir einmal prompt geantwortet: „Durch das Schauen und das Zuschauen."

Zugeschaut hat sie lange Zeit bedeutenden Fotografen wie Ernst Haas oder Henri Cartier-Bresson, und als sie die Kamera dann selbst in die Hand nahm, war sie fast mit ihren ersten Versuchen schon eine bedeutende Fotografin. Zu fotografieren, das war für sie die genaueste Art zu sehen. Ich habe sie nie dabei ertappt, dass sie Bilder in Serie schoss, von den meisten Motiven machte sie nur eine einzige Aufnahme. Sie hat lange gewartet und genau hingesehen, bevor sie knipste, und auch bei den Porträts nicht auf den glücklichen Zufall des Seriellen gehofft. Zu ihren Tugenden gehörte nicht nur die Neugier, sondern auch die Geduld, und beides merkt man ihren Bildern an: das neugierige Interesse an den Menschen – und die geduldige Ausdauer, mit der sie schauen und warten konnte, bis die Wirklichkeit ihr einen unbekannten Aspekt, eine vorher nicht bekannte Facette enthüllte.

Eigentlich hieß er ja Ferdinand, aber da er es von klein auf mehr mit ungarischen als donauschwäbischen, rumänischen oder serbischen Freunden hielt, hat er sich, als er selber darüber zu bestimmen hatte, Nandor genannt und sich unter diesem Vornamen auch amtlich registrieren lassen. Der Namenswechsel war ein halber Wechsel der Nationalität, welcher in Pannonien, das seit jeher von vielen Nationalitäten bevölkert wurde, nichts Ungewöhnliches war. Ja, mehr Menschen wechselten die Nationalität als ihren Namen, sodass oft nur diese noch daran erinnerten, was für Großeltern jemand gehabt hatte. Manche Donauschwaben, die sich etwas auf ihre deutsche Identität zugute hielten, hießen Tóth oder Nemeth – was auf ungarisch immerhin „Deutscher" bedeutet –, stolze Ungarn gingen dafür als Groß oder Klein durchs Leben, solange sie sich nicht auf Nagy oder Kis magyarisierten.

In der Familie meines Vaters wurde ungarisch in politischen und in Angelegenheiten des öffentlichen Lebens gesprochen – schließlich gehörte die Region seit dem österreichisch-ungarischen Ausgleich von 1867 zur ungarischen Reichshälfte, und man zählte ja zu den gebildeten Leuten, die sich in der Sprache der Obrigkeit auszudrücken wussten; Deutsch aber war für sie die Sprache des Alltags und auch die der bevorzugten Literatur. Dass der eine Bruder sich ungarisch Nandor nannte, der andere zwar von manchen Freunden Béla genannt wurde, aber amtlich bei Adalbert blieb, hatte nicht gar viel zu bedeuten. Der deutsche Adalbert, der mein Vater wurde, ist 1944 ebenso vertrieben worden wie der ungarische Nandor, der 1956 in Wien an Tuberkulose starb, die er sich in einem Flüchtlingslager geholt hatte. Auf den Fotografien ist er als ungarischer Lebemann abgebildet, mit schwarzem Schnauzbart und nie anders als in weißen Hosen; als er tot war, wurde er zum Helden eines Buches, der „Pannonischen Novelle", in der Johannes Weidenheim, der schon ein paar Mal wieder entdeckt und neuerlich vergessen wurde, seinen abschüssigen Lebensweg nachgezeichnet hat.

Schon die Römer kannten **Ottensheim**, sie nannten es nur anders. Auf einer Karte des römischen Geografen Ptolemäus ist es jedenfalls eingezeichnet – als einer der wenigen Orte auf der linken Seite der Donau, die sie damals besiedelten, vermutlich um es gerade hier mit dem Weinbau zu probieren. Seither waren eigentlich alle in Ottensheim, die Nibelungen sowieso, die dort, wo heute die an einem gewaltigen Drahtseil hängende Fähre von Wilhering nach Ottensheim hinüberfährt, zauderten, über den wilden Fluss zu setzen; die Prinzessin, die auf der Reise donauabwärts einen Sohn gebar, der Otto getauft und der Legende nach Kaiser wurde, weswegen der Ort auch Ottensheim und das Haus am Marktplatz mit der Nummer 16, in dem er geboren wurde, heute noch Kindlhaus heißt; Joseph Kyselak, in der ganzen Monarchie berühmt dafür, dass er verbotenerweise auf Felsen, Fassaden, Wänden den riesigen Schriftzug seines Namens malte und so überall ein Zeichen seiner Anwesenheit hinterließ; Adalbert Stifter, der der „innigst geliebten Gattin" jedes Mal, wenn er an Ottensheim mit dem Schiff vorbeifuhr, berichtete, welchen Eindruck es ihm machte und dass er bereits wieder quälenden Hunger und große Sehnsucht nach ihr, der Köchin als Gattin, verspüre; Anton Bruckner, der den Ort nicht nur besucht, sondern, einem kaum glaublichen Gerücht zufolge, hier auch eine Tochter gezeugt haben soll ...

Und seit zwanzig Jahren kommen sie ohnedies von überall her, Dichter aus Mähren und Slowenien, aus Albanien, Siebenbürgen und vom Bosporus gar, um sich dort zu treffen, wohin sie der Holzschneider, Silbenstecher, Bucherfinder mit dem Namen des liebes- und heimwehkranken Sängers aus dem Mittelalter ruft: Als der Thanhäuser ein Kind war, hat ihn die Donau die Sehnsucht gelehrt, an ihren Ufern hinaus in die Welt zu ziehen und, was er dort an Wörtern und Bildern als die seinen erkennt, nach Hause zurückzubringen. Und so wurde Ottensheim eine Donaumetropole.

Am Anfang war die Donau, und dann erschuf sie sich die Fische, die kleinen und großen, die gelben, grünen, silbernen, die gefleckten und die gestreiften. Den winzigen Bitterling und den dünnen Schlammpeitzger mit seinen Längsstreifen, die Barbe und die Brachse, auch auf Äsche, Aitel und Aalrutte vergaß sie nicht, und selbst dass ihr noch die Tinca Tinca und der Acipenser ruthenus fehlten, Schleie und Sterlet, entging ihr nicht. Ihre tiefsten Tiefen hat sie dem Schrätzer zugewiesen, im Schlamm ihrer Seitenarme grundelt hingegen der Wels, der fast drei Meter groß werden kann und nicht weiß, dass er mit seinen Bartfäden den Menschen ungemein hässlich anmutet und die Donausagen von ihm erzählen, dass er so manches Kind, dessen Mutter unachtsam am Ufer verweilte, geschnappt und mit sich gerissen hat.

Schon die antiken Geschichtsschreiber und Geografen rühmten den Reichtum an Fischen, mit denen die Donau ihre Anwohner ernährte. Plinius erwähnte bereits den Hausen, der vom Schwarzen Meer die Donau aufwärts zum Laichen stieg, ein neun Meter langer Stör, der eineinhalb Zentner schwer werden konnte und noch fast zweitausend Jahre später auf seinen ausgedehnten Donau-Wanderungen bis über Wien gelangte und in den bayrischen und österreichischen Donaustädten gefangen, verkauft und verzehrt wurde. Seitdem im rumänischen Dobreta-Turnu Severin 1959 ein großes Kraftwerk mit seinen Stauräumen und Staustufen errichtet wurde, kann er seine früheren Laichplätze am Oberlauf nicht mehr erreichen. Inzwischen ist die Donau mit zahlreichen weiteren Kraftwerken bestückt worden, sodass die Wanderrouten der Fischschwärme, die es nur mehr vom einen zum anderen Kraftwerk schaffen, drastisch eingeschränkt wurden, und die Regulierungen des Flusses haben überdies die ruhigen Uferzonen weggeschwemmt, die für die jungen Fische überlebensnotwendig sind.

Mehr als fünfzig Donau-Fischarten hatte der Wiener Fischmarkt vor hundert Jahren im täglichen Angebot, längst gibt es ihn nicht mehr, und die Spezialitätenrestaurants bieten stattdessen Fische an, die aus dem Atlantik oder aus den Seen Afrikas herbeigeschafft werden; in allen Haubenlokalen Europas sind es dennoch keine fünfzig verschiedene Arten, die der globalisierte Handel noch aufzutreiben wüsste.

Ja, um die Quellen der Donau, Breg und Brigach, hat es einen langen Streit gegeben, jeder weiß von ihm zu erzählen, darum kann ich es mir hier ersparen.

Das Kapitänspatent der literarischen Donauschifffahrt gebührt unter den österreichischen Autoren zweifellos Erwin **Riess**. Der reisefrohe Rollstuhlfahrer ist immer wieder in die weite Ferne aufgebrochen, nur um die Donau zu betrachten, wie sie dort vorüberfließt, und zu sehen, welchen Eindruck sie macht, wenn man einmal nicht an ihren Ufern bei Wien steht. Als legendärer Fachmann kennt er sie alle, die rumänischen Schulschiffe, bulgarischen Frachter, ungarischen Schlepper, die fahrenden deutschen Hightechanlagen, die Maschinen der österreichischen Donaudampfschifffahrtsgesellschaft, die Ausflugs-, Vergnügungs- und Linienschiffe, nicht zu vergessen die Fähren, die es immer noch gibt, weil die Donau, alles in allem, ein Fluss geblieben ist, der über weite Strecken nur wenige Brücken hat.

In seinem Theaterstück „Herr Grillparzer fasst sich ein Herz und fährt mit einem Donaudampfer ans Schwarze Meer" lässt Riess den österreichischen Klassiker zu einem ganz irdischen Bildungserlebnis kommen, das dieser einer plebejisch wissbegierigen und lebensklugen Stewardess aus Ungarn verdankt. Grillparzers Tagebuch seiner großen Reise von 1843, die ihn von Wien nach Konstantinopel und nach Griechenland führte, ist ein einziges Protokoll der Enttäuschungen, sowohl was die Empfindungen des Reisenden anbelangt, der nie in jenen anderen Zustand fand, den zu erleben er aufgebrochen war, als auch was das erträumte Ziel betrifft, an dem er das edle Hellas, den Glanz der Antike nicht mehr aufzufinden vermochte. Riess spielt mit abgründigem Witz immer wieder auf dieses Tagebuch an, eine Chronik der Vergeblichkeiten, aber der literarische Donaukapitän von heute lässt den grantelnden Passagier von damals nicht nur deprimierende Erfahrungen machen. Er zeigt Grillparzer weniger als misanthropischen Verfechter der alten Ordnung, vielmehr als deren Gegner, der bald wütend, bald resigniert davon berichtet, was ihm im Reiche Habsburgs zu widerfahren pflegt.

Die dreiteilige **Saga** der serbischen Familie Raikow wurde in viele Sprachen übersetzt, verfilmt und mehrfach aufgelegt; dennoch zählt sie nicht zu den kanonisierten Werken der mitteleuropäischen Literatur und wird, zumal in Österreich, wo sie entstand, gewohnheitsmäßig unterschätzt. Ihr Verfasser, Milo Dor, gilt den einen als traditioneller Erzähler, der sich an den zahlreichen Verbotstafeln, die wider das vermeintlich naive, vermeintlich überholte Erzählen aufgestellt wurden, dreist vorbeischwindelte; den anderen ist er, der Wiener Patriot, der Patriot eines multikulturellen Wien, ein Zugereister geblieben, der sich in die österreichische Literatur deutscher Nation ungebührlich hineinzuschwindeln verstand. Immerhin war Milutin Doroslovac, wie der 1923 in Budapest geborene, in Belgrad aufgewachsene Autor mit bürgerlichem Namen hieß, während des zweiten Weltkriegs als Zwangsarbeiter nach Österreich gelangt und ausgerechnet in der Stadt, in die er verschleppt wurde, geblieben.

Die Raikow-Saga erzählt über drei Generationen die Geschichte einer großbürgerlichen serbischen Familie, in der sich zugleich die wechselvolle und tragische Geschichte Pannoniens spiegelt, eines Raumes, der von vielen Völkern bewohnt wurde und in dem sich die im 19. Jahrhundert aus dem Westen importierte Idee des Nationalismus nur verheerend auswirken konnte. Das Mittelstück seiner Trilogie veröffentlichte Dor zuerst. „Tote auf Urlaub" schildert den Weg, den der Belgrader Gymnasiast Mladen Raikow zu gehen hat: Der schwärmerische Jüngling, der Liebesgedichte schreibt, schließt sich dem kommunistischen Widerstand gegen die deutschen Besatzer an, gerät in die Fänge der Gestapo, wird gefoltert, von seinen eigenen Genossen fallengelassen und nach Wien deportiert. Der autobiographische Roman verstößt in seiner protokollartigen Anhäufung von Szenen des Grauens und der Gräuel gegen Schmerzgrenzen der Lektüre und bietet gerade das, was es den literarischen Betriebslegenden zufolge in den Fünfzigerjahren gar nicht gegeben hat: die politisch kompromisslose Auseinandersetzung mit den Jahren des Nationalsozialismus, die vorsätzliche Störung eines Wiederaufbaus, der auf Vergessen und Verdrängen setzt.

In den folgenden Teilen der Saga, „Nichts als Erinnerung" und „Die weiße Stadt", bietet Dor die Vor- und die Nachgeschichte von „Tote auf Urlaub", er geht in der Familiengeschichte der Raikow bis um die Wende zum 20. Jahrhundert zurück, und erzählt abschließend, was aus Mladen im Österreich der Zweiten Republik wird. Zwischen Wien, wo er lebt, und der „weißen Stadt", Belgrad, von der er nicht lassen kann, ist seine Biographie gespannt, die exemplarische Biographie eines Heimatlosen, der aus der Unbehaustheit keine modische Attitüde macht, sondern sich da wie dort, in der Gemeinschaft der Scheiternden, der Emigranten mit ihrer Sehnsucht, der Sesshaften mit ihrem Gefühl der Fremdheit, immer wieder eine Heimat zu schaffen versucht.

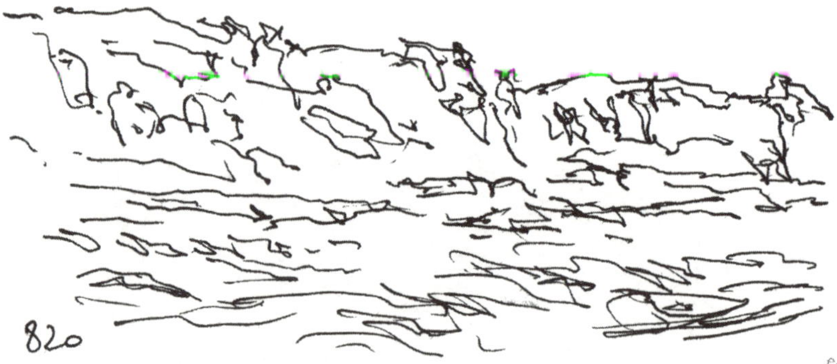
820

820

7P0

606

605

604

518

585

528

523

522

3

522

67

4

503

66

5

489

62

430

430

430

427

400

382

2

355

28

3

.168

13

4

47

1

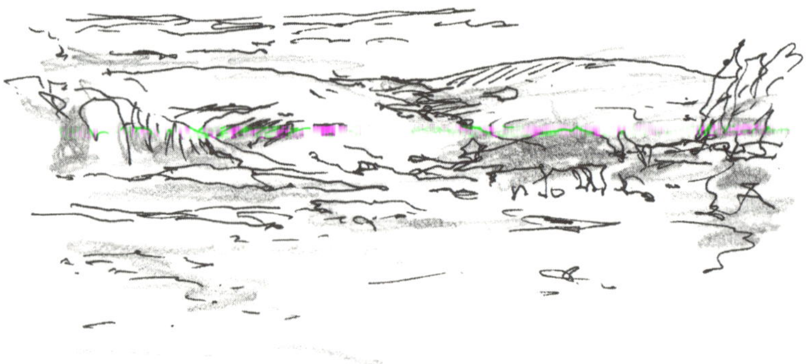

353

174

172

63

59

Aleksandar Tišma war der Sohn einer ungarischen Jüdin und eines Serben der Wojwodina und wuchs in Novi Sad auf. Er war schon zwanzig und wusste längst, dass er Schriftsteller werden wollte. Aber ihm war noch nicht klar, in welcher Sprache er es werden sollte. Lange schwankte er zwischen dem Ungarischen und Serbokroatischen, die Zugehörigkeit zu dieser oder jener Nationalität war in der Batschka eine Frage des Willens, und oft hatten innerhalb einer Familie nicht alle denselben Willen. Ob er Ungar oder Serbe war oder aber werden sollte, war für Tišma also eine Frage der eigenen Entscheidung, die ihn quälend beschäftigte; dass er Jude war auf Leben und Tod, darüber konnte er hingegen nicht selber entscheiden, diese Entscheidung war über ihn von den Rassisten verhängt und er konnte ihr folglich nicht entrinnen.

Tišma überlebte die Jahre der deutschen Besetzung des Balkans, in denen Jagd auf Juden gemacht wurde, und entschied sich dann, ein serbischer Schriftsteller zu werden. Fast alle seine Prosawerke erzählen vom Faschismus, von der Okkupation, Verfolgung und Vertreibung, vom Leben im Ausnahmezustand. Tišma ist ein geduldiger Erzähler, der sich davor hütet, die Ereignisse, die er ausbreitet, moralisch zu bewerten. Er klagt nicht an, so entsetzlich die Dinge sind, von denen er berichtet, er will ihre Mechanik verstehen und die unerbittliche Konsequenz menschlichen Handelns.

Im „Buch Blam", dem verstörenden Porträt eines Überlebenden, der die Scham empfindet, überlebt zu haben, schildert Tišma jene berüchtigte Nacht, die als „Razzia von Novi Sad" in die Geschichte der großen Verbrechen eingegangen ist. Damals sind im Jänner 1942 die jüdischen Bewohner Novi Sads in einer langen Reihe an die Donau getrieben und von ungarischen Gardisten durch die in die Eisdecke geschlagenen Löcher in die Donau gestoßen worden. Während ein Teil der Bevölkerung vor den Augen ihrer Nachbarn abgeschlachtet wurde, vermeldete die Lokalzeitung anderntags unverdrossen die kleinen Sensationen des Alltags: „Der Chor der Kathedrale sang unter der Stabsführung von Professor Milutin Ruziz sonntags seine zweihundertste Liturgie." Dieser Gleichzeitigkeit ist Aleksandar Tišma in allen seinen Romanen und Erzählungen nachgegangen, der Gleichzeitigkeit von Verbrechen und Alltag, Mord und Familienglück, organisiertem Wahn und der Flucht ins schäbige Idyll. In seinem zutiefst pessimistische Menschenbild hat er keinen Zweifel daran gelassen, dass aus seinem Befund des Schreckens nur eine schreckliche Prognose gezogen werden kann: Wie es einmal war, kann es jederzeit wieder werden.

Eine Festung auf der einen Seite, eine Stadt auf der anderen: Prinz Eugen von Savoyen hatte das alte Peterwardein zur mächtigen Feste ausbauen lassen, um an der Donau ein beständiges, das Land beherrschendes Bollwerk gegen die Osmanen zu haben, und gegenüber begann eine neue Stadt zu wachsen, die das „Neue" bis heute in all ihren verschiedenen Namen trägt. Von ihren deutschen Bewohnern, den donauschwäbischen, gerade erst ins Land geschickten Siedlern wurde sie Neusatz genannt. Neusatz war nicht nur die kulturelle Metropole der Donauschwaben und der Verwaltungssitz der Batschka, sondern als Novi Sad auch für die Serben eine ihrer wichtigsten Städte. Immerhin ist hier die Matica Srpska angesiedelt, die älteste serbische Institution für Künste und Wissenschaften, die freilich im ungarischen Budapest gegründet wurde; damals war die Verbindung von Nation und Staat eben noch nicht eng geschnürt, sondern locker gehalten.

In Neusatz/Novi Sad lebten freilich auch Slowaken, die zahlreich durch die seltsamen geschichtlichen Verquickungen hierher gelangt waren und ihre Stadt Nový Sad nannten, und erst recht die Ungarn betrachteten die Stadt an der Donau auch als die ihre. **Újvidék**, wie sie sie nannten und auch heute noch nennen, da sie dort zu einer beargwöhnten Minderheit geworden sind, gehörte ja bis 1918 zur ungarischen Reichshälfte der Donaumonarchie. 1918 fiel es an das neue entstandene Königreich der Serben, Kroaten und Slowenen, während des zweiten Weltkriegs wurde es von deutschen und ungarischen Truppen besetzt, nach 1945 war es die Hauptstadt der von Tito mit dem Status einer autonomen Provinz ausgestatteten Vojvodina. Als Slobodan Milošević 1989 entschlossen daran ging, den „Bund der Kommunisten Serbiens" zur nationalen Bewegung umzuformen, hat er staatsstreichartig jene Autonomie abgeschafft, die der Vojvodina und dem Kosovo eine relative Selbständigkeit und dem Staat seine mühsam austarierte Balance gab. Die jüdischen Bewohner der Stadt wurden während des zweiten Weltkrieges ermordet, die serbischen vieltausendfach verfolgt, die deutschen 1945 nahezu vollständig vertrieben, die ungarischen in der Ära des großserbischen Nationalismus am Ende des 20. Jahrhunderts schikaniert. 1995 bombardierten die Flugzeuge der NATO die Stadt und zerstörten ihre große Donaubrücke. Auf rätselhafte Weise ist es der Stadt mit den vielen Namen, die alle das gleiche bedeuten, bis heute gelungen, etwas von der nationalen Vielfalt und kulturellen Offenheit zu bewahren, die ihr so oft ausgetrieben werden sollten.

Aus Novi Sad/Újvidék stammt der ungarische Schriftsteller László Végel, der die hinreißendsten Briefe auf Deutsch, einer von ihm mit schöpferischen Regelverstößen praktizierten Sprache, zu schreiben weiß. Aus seinem aufwühlenden Kriegstagebuch durfte ich in der Zeitschrift „Literatur und Kritik" schon Passagen veröffentlichen, als er noch an ihm schrieb. Als es, viel später, unter dem Titel „Exterritorium" in Buchform erschien, wurde diesem Autor, der seit bald vierzig Jahren skurrile, grimmige, gleichermaßen phantasievoll abschweifende wie gedanklich strenge Bücher veröffentlicht, endlich auch im deutschen Sprachraum jene Beachtung zuteil, die ihm schon lange gebührt. Végel, der mit dem nicht minder kauzigen Ottó Tolnai der bedeutendste ungarische Autor der Vojvodina ist, zeichnet diese große Donauprovinz, in der seit Jahrhunderten mit durchaus wechselndem Erfolg verschiedene Nationalitäten auf engem Raum zusammenleben, nicht als kakanische Völkeridylle, auch nicht als geglückte Probe auf ein multikulturelles Europa. Die Empörung, mit der er vom letzten Anlauf berichtet, das Modell eines kleinen Europa zu zerstören, von dem Versuch serbischer Nationalisten, das Land ethnisch zu purifizieren und ihm so seine eigene Geschichte auszutreiben, ist so groß, weil Végel immer noch daran glaubt, dass gerade hier, in der Vojvodina, die Geschichte andere Wege gehen könnte.

In „Exterritorium" zeigt er auf bestürzende Weise, wie ausgerechnet die Vojvodina zum Exerzierfeld der Nationalisten wurde. Seiner alten Mutter empfahlen die Nachbarn, doch endlich in ihre „Heimat" zurückzukehren, dabei hatte die Frau ihr Lebtag lang im selben Dorf in der Vojvodina gelebt und Ungarn nicht ein einziges Mal besucht. In den Neunzigerjahren des 20. Jahrhunderts „verschwand aus den Straßen Újvidéks die Sprachenvielfalt. In den Bussen, in den Cafés, auf der Straße hörtest du bald kein ungarisches, rumänisches oder slowakisches Wort mehr".

„Exterritorium" ist ein einzige Klage um eine andere Vojvodina, ein anderes Novi Sad, das nicht erst von den NATO-Bombern zerstört wurde, sondern in deren multinationale Kultur schon vorher das Gift des Nationalismus träufelte. Der so unnachsichtig die große Politik und das kleine menschliche Versagen geißelt, der so hart ins literarische Gericht geht mit Wendehälsen und Kriegsgewinnlern, er ist ein liebenswürdiger, sanftmütiger Mensch, der keineswegs in die angemaßte Rolle verliebt ist, der Letzte zu sein: der letzte Repräsentant der ungarischen Kultur und Sprache in diesem Gebiet. Seine Anklage ist nicht selbstherrlich, seine Klage nicht eitel; gerade weil László Végel nicht in den Untergang vernarrt ist, urteilt er so scharf über jene, die den Untergang betreiben und dem Kult des Todes, und sei es ihr eigener, verfallen sind.

Noch im Alter von fast achtzig Jahren, kurz bevor er in das große Vergessen eintauchte, hat mir Johannes **Weidenheim** die Aufstellung der Fußballmannschaft „Dulcis Werbaß“, für die er in den Dreißigerjahren im Tor stand, aus dem Gedächtnis aufsagen können. Um was für eine Mannschaft es sich gehandelt hat, kann man daran ermessen, dass sich in ihr mit Breitwieser, Skoda, Gvozdenović, Elnescu und Kohn wahrlich klingende pannonische Namen fanden. **Werbaß**, von den Serben Vrbas und nach 1945 Titov Vrbas genannt, ist eine Stadt zwischen Donau und Theiß, mein Vater war dort seit seinem 24. Lebensjahr Professor an der Deutschen Lehrerbildungsanstalt, wo er auch Johannes Weidenheim und meine Mutter als Schüler hatte. Der 1918 geborene, 2002 verstorbene Weidenheim hat Werbaß in fast allen seinen Büchern porträtiert, allerdings heißt es in seinem erzählerischen Werk zumeist „Maresi“, abgekürzt von dem gravitätischen „Maria-Theresiendorf“, in dem sich der historische Hintergrund der Landnahme sprachlich materialisierte. Der Donauschwabe Johannes Weidenheim ist einer der großen Autoren Pannoniens. Der größte Autor des Balkans im 20. Jahrhundert, Miroslav Krleža, hat ihn gerühmt und der serbische PEN-Klub sein Schaffen ausgezeichnet; im deutschen Sprachraum jedoch sind seine Romane „Das Türkische Vaterunser“, „Treffpunkt jenseits der Schuld“, „Kale-Megdan“, „Heimkehr nach Maresi“ und seine Erzählsammlungen „Morgens zwischen vier und fünf“ oder „Das Lied vom Staub“ zwar mehrfach aufgelegt worden; die gebührende Beachtung haben sie gleichwohl nie gefunden.

Alle seine Erzählwerke sind poetisch und präzise zugleich, sie künden von einer versunkenen Welt mit Wehmut und mit Grimm. Über der Welt von gestern, der pannonischen Kleinstadt, liegt der Glanz früher Kindheitstage, das verwehte Glück, aber es werden auch die Verbrechen nicht verschwiegen, die jene Welt zerstörten, und nicht die Namen derer, die diese Verbrechen verübten. Mit der großdeutschen Ideologie hat sich Weidenheim zeitlebens auseinandergesetzt, eindringlich schilderte er, wie sie nach und nach auch viele Donauschwaben erfasste und verblendete. Und doch zeigt er in jedem seiner Werke, dass die Geschichte nichts Unausweichliches hat, dass der Hass, der zwischen den pannonischen Nationalitäten wuchs, nichts Naturgegebenes war, sondern, in gewissem Sinne, den historischen Erfahrungen der Region sogar widersprach.

Johannes Weidenheim war der erste Schriftsteller, den ich persönlich kennenlernte, er war in meiner Kindheit oft bei uns auf Besuch. Im „Lebenslauf der Katharina D.", einem meisterhaften Erzählwerk, das ich 1993 für eine Neuauflage unter dem Titel „Pannonische Novelle" an den Otto-Müller-Verlag vermitteln konnte, hat er auch ein Stück meiner Familiengeschichte geschrieben. Wenn man ihn fragte, wie es ihm gehe, antwortete er oft mit dem ihm eigenen abgeklärten Phlegma: „Ich lebe seit 1945 in Bonn am Rhein, dort ist alles schön und fein geordnet, aber der Rhein kann sich anstrengen, wie er will, es wird doch nie die Donau daraus."

An **Ybbs** fährt man gerne vorbei. Wenn man auf der Westautobahn aus dem Großraum Linz, aus Wels, Salzburg oder von noch weiter kommt, wähnt man sich Wien bereits zu nahe, um sich den Abstecher zu gönnen und verschiebt ihn daher, wie schon seit Jahren, auf das nächste Mal. Dabei könnte man ein schönes Städtchen entdecken, das von alter Schifffahrtstradition geprägt ist, mit einer ausgedehnten Donaulände, die im 18. Jahrhundert so verschmutzt war, dass die Gemeinde auf ihr einen Schandbaum errichtete, an den die größten Umweltverschmutzer, die ihren Unrat gewohnheitsmäßig in die Donau kippten, gebunden wurden. In der wohlproportionierten Kirche St. Lorenz, vor der der amtlich approbierte Stadtsäufer zu sitzen und die spärlichen Besucher kameradschaftlich anzusprechen pflegt, ist an der Orgel eine handschriftliche Signatur Mozarts zu entdecken, der auf seinen Virtuosenreisen natürlich auch Ybbs nicht ausgelassen hat. Die Gassen und Plätzchen, die alle leicht dem Flusse zu sich neigen, sind schmuck, und wenn etwas an Ybbs stört, dann könnte es höchstens der Eindruck des allzu Aufgeräumten sein, den der Ort macht, als würden über ihm auch wochentags der Friede und die Langeweile eines ewigen Sonntags liegen.

In der Langen Gasse, die, vielleicht hundert Meter vom Ufer entfernt, einen großen Bogen zieht, standen wir im August 2008 vor dem Haus mit der Nr. 10, an dem hoch über unseren Köpfen ein Strich die Stelle markierte, bis zu der im August 2002 das Hochwasser gestiegen war. Damals stand der ganze Ort unter Wasser, und hier erreichte es eine Höhe von drei Metern, sodass nicht nur die Keller, sondern auch die ersten Geschoße der Häuser geflutet waren. Die Donau ist seit Menschengedenken immer wieder über ihre Ufer getreten, manches Hochwasser war so verheerend, dass es sich, wie das aus dem Jahr 1501, dem kollektiven Gedächtnis über Jahrhunderte einprägte. Von diesem aber, wiewohl es eines der schlimmsten war, schien bereits nach sechs Jahren im Ort nichts mehr zu zeugen – außer dieser akkurat an die Fassade applizierten Markierung. Denn ringsum war kein einziges schadhaftes Haus zu entdecken, und nicht nur die Lange Gasse war herausgeputzt, wie sie es vielleicht bis zu dem Hochwasser gar nicht gewesen war.

Nur des Alphabetes wegen wollte ich auch nicht nach **Zwiefalten** zwischen Ulm und Sigmaringen fahren, darum ließ ich es sein, obwohl das 1089 von den kinderlosen Brüdern Kuno und Liutold von Achalm gegründete Benediktinerkloster die Reise gewiss wert wäre, schon wegen der ehemaligen Abteikirche Unserer Lieben Frau, und vielleicht hätte ich versuchen sollen, mit der **Zille** dorthin zu gelangen, weil meine Vorfahren gleich abertausenden anderen von Ulm auf den „Ulmer Schachteln" genannten Zillen donauabwärts gefahren waren, und sicher wäre es, einmal mit der Zille nach Zwiefalten gelangt, klug gewesen, dort meine letzte **Zigarette** zu rauchen, denn nicht nur in Triest kann man an diesem Projekt ein Leben lang scheitern wie jener Zeno Cosini, dessen heroischen, mit buchhalterischer Akkuratesse festgehaltenen Versuchen Italo Svevo einen Roman gewidmet hat, aber die österreichische Marke, mit der ich es sinnvoll hätte probieren müssen, wurde bereits in den Sechzigerjahren vom Markt geholt, es gibt sie nicht mehr, und also kann ich mit keiner Zigarette der Marke **Donau** daran scheitern, mit dem Rauchen aufzuhören, und darum ließ ich gleich alles bleiben, die letzte Zigarette, die Zille, Zwiefalten.